HISTOIRE
D'VN MIRACLE
ADVENV A NOSTRE DAME
des Ardilliers, par l'intercession
de la tref-faincte Vierge Mere de
Dieu à l'arriue de la Royne Mere
du Roy à Saumur.

Auec le rapport ou difcours de Monfieur
Cirois Docteur en Medecine à
Poictiers, fur le fubiet
dudit Miracle.

Sancta Maria Ora pro nobis

À SAVMVR.
PAR RENE HERNAVLT,
M. DC. XIX.

HISTOIRE D'VN

MIRACLE ADVENV
à Nostre Dame des Ardilliers, par
l'intercession de la tres-saincte Vierge,
Mere de Dieu à l'arriuée de la Royne
Mere du Roy à Saumeur.

ES merueilles de Dieu
sont negligées presque de
tous, sans que lon entiéne
compte, se plaint S. Au-
gustin. Ce qui se trouue trop-veri-
table & plus déplorable en nostre
siecle auquel peu les admirent, d'entre tant d'aueugles qui si s'estiment
tres-clairuoyás. La coustume leur af-
foiblit possible le sentiment des cho-
sesqu'ils voyent souuent, & faict que
les voyans, ils ne les voyent pas. Aussi

Tracta.
in Ioa.
z4.

A

de tout temps les enfans de la chair se
sont efforcez de cacher ou ternir la
gloire du fils de Dieu. Le peuple qu'il
auoit esleu pour sien, auoit tant de
fois veu des signes espouuantables en
Egypte, experimenté des œuures esmerueillables de sa toute puissance,
qui pendant le cours d'vne nuict a-
uoit arresté la mer comme vne mu-
raille, pour lui donner passage, lui
auoit baillé vne colonne de feu pour
le guider au trauers des tenebres de la
nuict, & vne nuée pour le defendre
de la chaleur du iour, l'auoit ab-
breuué de l'eau qu'il auoit faict ruis-
seler, d'vn rocher au desert, Pour
cela il ne laisse de murmurer contre
lui, crians, *que boirons nous, & que
mangerons nous*, lors que ce bon Dieu
les saoulla encore de perdrix & de
cailles, & neantmoins tant s'en faut
que par tant de signes non accoustumez, il se soit rendu meilleur, qu'au

contraire, il a adiousté peché sur peché, a tanté son Dieu, doubté de sa bonté & prouidence infinie, combien qu'il en eust tant & de si grande experience. Ce bon Dieu pour le combler dauantage de ses biës faicts, & afin de l'esprouuer derechef, s'il chemineroit en sa crainte, luy fit pluuoir du pain façonné par le ministere des Anges, & non de la main des hommes. Mais apres en auoir mangé il s'en est rassasié *Anima nostra nauseat super cibo isto leuissimo,* & a mis en oubli cette debonnaireté paternelle. Dont ce bon Dieu se voyant mesprisé, lui dõna toutes choses à plain souhait, mais à son dommage, il auoit encore le morceau dans la bouche, que son ire parut sur luy, Il fit voir que la viande qu'il luy auoit donnée, n'auoit pas esté donnée en sa grace, car ayant encore la chair entre les dents, il se defioit grandement de sa

Psa. 77.
& 105.

Exod.

Num. 11

Psal. 67.

A ij

toute puissance.

Effects miraculeux de ce grand Dieu, dont le pouuoir esgale le desir, *Et qui amis & met incessammēt des prodiges sur la terre*, dict le prophete Royal, ausquels il ne se troue autre Epist. 3. ad vo- lusian. cause, que la puissance de l'ouurier, autre raison que le pouuoir du facteur, au dire de S. Augustin. En l'admiration desquels les gens de bien ont tousiours esté rauis, & la coustume de voir tant de merueilles ne leur a pas tellement osté le sentimēt, qu'ils n'en ayent bien fait leur profit : & si le nom de miracle est prins d'admiration, ils les ont cheris comme effects produits contre le train accoustumé de la nature, partás de la main Tract. 24. in Ioan. toute puissante du trés-haut : *Lequel estant vne substance*, au dire du grand S. Augustin, *qui ne se peut voir des yeux corporels, & que les miracles par lesquels il gouuerne le monde, sont ia deuenus con-*

temptibles , à cause de l'accoustumance,
& que personne ne daigne contempler
les eunes de Dieu admirables en chaque
grain de semence , selon son accoustumee
misericorde , il s'est reserué à faire quelques choses , quand la saison le requeroit,
par dessus le cours commun de la nature
afin que les hommes qui mesprisent les
quotidiennes admirassent les nouuelles &
non accoustumées non pour estre plus grã-
des , mais pour estre plus rares.

Aussi nostre Seigneur Iesus-Christ
est-il seul l'operateur des miracles,
Allez, dist-il aux disciples de S. Iean,
rapportez à vostre maistre , les aueugles
voyent , les boiteux cheminent , les sourds
oyent, les lepreux sont nettoyez , les morts
sont resuscitez. Mais sa bonté est si grã-
de , qu'il faict part de tant de graces
à ses seruiteurs suyuant sa promesse,
Qui m'honorera, dist-il ie le glorifierai, &
quiconque aura la foy fera telles choses,
& encore de plus esmerueillables. Tels si-

1. Reg 2
30.

S. Marc
16.

gnes suyuront ceux qui croiront en moy,
S. Mat.
10.
ils mettront leurs mains sur les malades,
S. Marc
6.
& ils seront gueris &c. Et donnant à
S. Luc 9
& 10
ses Apostres, & à toute son Eglise
en eux, le pouuoir de prescher, il
S. Math
28.
leur donne quant & quant la puissa-
ce de faire des miracles, Allez, pres-
chez, guerissez les malades, resuscitez les
S. Luc 1
morts, mundifiez les ladres, & chassez les
diables, leur prometant qu'il sera auecq
eux iusques à la consommation du môde.

Et entre tous à sa sainte Mere qui
les surpasse en saincteté, amour & en
ferme foy, Vous estes heureuse, lui dist
saincte Elizabeht, qui auez creu. Aussi
la gloire & le bon heur dôt elle, Fille, Mere
& Espouse de l'Eternel, à esté honoree, est
inenarrable, incomprehensible, & deuance
de fort loin toute la hautesse de la gloire des
hierarchies celestes, & de tous les bien-
heureux, selon le dire de sainct Iean
Chrisostome. Le pouvoir ne luy manque
point, dict sainct Bernard, ni la suffisan-

ce, de bien impetrer, car elle est la mere de
sagesse: ni la volonté de le faire, car elle est
la mere de misericorde. Qui faict que S.
Germain Patriarche de Constanti-
nople lui parle ainsi, *Nul ne se sauue
que par vous, saincte Vierge, nul n'est franc
de douleurs que par vostre moyen, vierge
trespure: Nul ne reçoit aucun don de Dieu
que par vostre entremise vierge tres-chaste,
Nul n'obtient pardõ de ses meffaicts qu'a
vostre poursuitte, vierge digne de tout hõ-
neur & louãge. Qui apres vostre fils prẽd
vn tel souci du genre humain que vous ?
Qui le defend auec plus de passiõ en ses ad-
uersitez? Qui luy donne vn plus prompt secours contre les tentations qui lui font la
guerre? Qui plus charitablement excuse ses
defauts, le recõcilie auec Dieu, & le deliure
de la punition que meritent ses offences?
partant que l'affligé recoure à vous, Que
celuy qui se voit combatu des furieuses
vagues de cette mer orageuse, iette les yeux
sur vous, comme estant la boussole & l'e-*

stoille fauorable qui le conduira plus prõ-
ptement & asseurement au port qu'il
desire. De dire qu'elle est Mere de
Dieu, c'est proposer vne dignité qui
surpasse non seulement toutes les ex-
cellences des Anges & des hommes,
mais encore qui embrasse & contient
en soy toutes les graces, dons, ver-
tus priuileges, & faueurs, qui sont di-
stribuées a chacune des creatures,
qui toutes coniointement & d'vne
maniere eminente se rencontrent en
elle, *Il ny a enfin entre les choses crées*
rien *& visibles de plus grand & releué qu'el-*
le est, dict S. Iean Chrysosthome. *Si*
tu veux, ô mortel, cognoistre la dignité de
cette saincte Mere, tourne les yeux sur
la grandeur de son fils, dict S. Gregoire, *Par la cognoissance de la dignité du*
fils, tu pourras entendre, mais non com-
prendre l'excellence de la Mere. S. Hie-
rosme dict que la Vierge est le col
par lequel nostre Saueur qui est le
chef

chef, influe à son Eglise tout le mouuement & sentiment spirituel qui l'a-
nime & sustante. Qu'elle est le tronc
par lequel la racine donne vie aux
rameaux & produit les fleurs, les fueil-
les, fruicts, & tout ce qu'il y a de plus
beau & agreable en l'arbre. Qu'elle
est comme vn bassin qui reçoit pre-
mierement en soy l'abondance des
eaux viues de la grace, & puis les
distribue par ses canaux aux autres.
S. Bonauanture dict que *toute plenitu-*
de de grace s'est recueillie en elle, d'où, co-
me d'vne source, en procede vne telle a-
bondance aux autres. Non que Dieu
ne puisse aisement, & sans l'entremise de ce canal, nous donner l'eau de
sa grace, mais tel a esté son bon plai-
sir de venir à nous par elle, dict son
fidelle secretaire S. Bernard, à raison
dequoy l'abbé Rupert l'appelle *le*
mont des monts, d'où nous vient le secours
impetré de nostre Seigneur, Car comme

Sermo
in Nati-
uit. B. V.
In canti-
cic. lib.
7.

B

de son viuant sur terre, elle interce-
doit pour le salut des pecheurs, elle
le faict maintenant auec plus de cha-
rité & d'efficace que tous les saincts
ensemble. *Elle n'est point oisiue en son*
throne, mais toute pleine d'amour, comme
mere d'incomparable dilection, mere de belle dilection, qu'elle est, *faict*
mõstre de sa faueur, de sa puisance, & de sa
grace en tous lieux, dict ce bon S. Bernard. Elle qui a esté remplie & inõ-
brée du Sainct Esprit, qui a esté be-
nite de Dieu entre toutes les femmes
par la bouche de son Ange. *celle que*
Gregoire de Neocesarée appelle thresor de
grace, & laquelle Dieu a plus exaltée de
toutes les creatures, au dire d'Epipha-
ne, & bref *plus excellente apres Dieu que*
toutes choses visibles & inuisibles selon S.
Iean Chrysostome. *A qui le seruiteur*
incorporé a esté enuoyé comme à Vierge
immaculée, & celuy qui est exempt de pe-
ché à celle qui estoit affranchie de coulpe,

Serm. 1.
in An-
nanc. B.
V.

Serm.
de laud.
Deipar.
homili.
hipap.
apud ea.
s. b. 1. z.
de Dei-
par.
Homi-
disein
Sanctis-

escrit le mesme sainct. Et de laquelle
on ne parle iamais, quand il est question
de parler du peché, dict ce grand Docteur de l'Eglise sainct Augustin l'v-
nique colombe choisie par Iesus-Christ,
Vierge & mere qui surmonte en pureté les
Cherubins & Seraphins, dict Theodo-
ret. Temple animé de Dieu, l'ornement
du Ciel & de la terre, & de la tres-am-
ple habitation de celuy qui ne peut estre
compris dict ce grand Chrysostome,
la plus renommée & la plus desirable de
toutes creatures, thresor de diuine electiõ
& tabernacle du sainct Esprit, au rapport de Methodius. l'esperance des de-
sesperés, puissante & debonnaire par dessus tous les Esprits celestes, dict Sainct
Ephren. & meritoirement saluée mai-
stresse du monde, dame de l'vniuers, &
la Royne de tous, au dire de S. Atha-
nase. Et bref celle qui donne vn seur ac-
cés au pecheur enuers Dieu s'escrie S.
Bernard car le fils est deuant le pere &

B ij

(marginal notes:)
si. Vierg.
Adnãc.
Naura
& gran.
c. 36.

Cath. in
canctic.

hom. il.
in fan-
ctiss. V
annunc.

Orat. de
purif. B.
M. V.

In Euã-
g. de s.
Deipar.

la mere deuant le fils, le fils monstre au pere ses playes & son costé, & la mere monstre au fils sa poitrine & ses mammelles, le tout pour nous impetrer misericorde, de laquelle nous ne serons pas deiettez, puis que nous voyons de si grands signes d'amitié. Car que pourroit refuser ce sage Roy Salomon à sa mere, qu'il a si hautement assise aupres de luy en son throne? ô madame, dict Theophilacte, ie sçay que vous estes tres-grãde protectrice des hommes: car qui est-ce ô Vierge immaculée, qui a espere en vous & est resté confus? ou qui est celuy entre les hommes qui a prié vostre clemence, & s'en est venu abandonné?

Aussi cette illustre princesse du ciel & de la terre ayme tellemét ceux qui ont recours à elle & la recherchent, qu'elle leur fait incessamment pleuuoir les riches thresors du ciel, elle n'en est point escharce, ains les distribue liberalement à tous ceux

3. Reg. 2. Pete mater mea neque enim fas est vt auertam faciem tuam.

qui en veulent, & qui les demandent?
Et comme les plus gráds tesmoigna-
ges d'amour parroissent dauantage
aux afflictions & calamitez , *Que le*
vray ami ayme en tout temps , & le frere
s'espreuue aux angoisses. dict le sage, la
saincte Vierge ayme en tout temps,
mais specialement quand on est opri-
mé de quelque insigne affliction, c'est
alors qu'elle rend des plus rares preu-
ues de sa bien vueillance , assistant
miraculeusement de tout ce qui est
necessaire.

Les exemples estants plus efficaces
à nous imprimer profondement dans
l'ame l'amour & le respect que nous
deuons à vne si haute princesse, ayans
ie ne scay quelle vigueur en eux , qui
porte auec plus de violence nos affe-
ctions verselle, Nous en rappoterons
vn d'vn miracle de nagueres arriué
en la deuote chappelle de nostre Dame de la fontaine des Ardilliers , en

la perfonne d'vne dame religieufe
tres deuote à la vierge, laquelle s'e-
ftant vouée à ce fainct lieu, apres vn
entier defefpoir de pouuoir recou-
urer fa guerifon par aucun art, d'vne
paralifie qui depuis fix à fept mois
luy auoit ofté l'entier mouuement
des iambes, & y eftant venue rendre
fes veux, apres fes deuotes prieres à
la faincte Vierge auroit à l'inftant
recouuré l'vfage de fes iambes,
aufsi parfaict, & auec plus de
forces qu'elle eut iamais, operation
par deffus le cours de la nature,& non
par aucune voye ou remedes natu-
rels. Miracle averé par la circonftãce
de la perfonne, de la maladie, eftat
& qualité d'icelle, tant deuant qu'a-
pres la guerifon, dépofition des tef-
moins par l'authorité des magiftrats,
fi bien qu'il ne refte pour leuer toute
incrudelité, & faire voir au doigt &
à l'œil tant à ceux qui fe font retirez
de l'Eglife, que à ceux qui femblent

douter de toutes chofes, la verité de
ce miracle, que leur dire ce que noftre
Seigneur difoit à S. Thomas *venez*
& taftez, Bien qu'en *chofes admirables*
& miraculeufes la croiance chreftienne fe
doiue repofer fur la toute puiffance du Cre-
ateur, dict S. Auguftin & que *les mi-* Lib. 2.
racles , *felon* le mefme, *feruent d'entrée* de Ci-
à *la foy*, par l'authorité defquels il di- uit. c. 17.
foit auoir efté retenu en l'Eglife.

Car outre tant de ~~miracles~~ que *moneittes*
ce grand Dieu opere iournelle-
ment par les intercefsions de fa mere
en cette diuine chappelle, ils auoient
veu vn miracle arriué en la perfonne
d'vne fille, âgée de deux ans, nom-
mée Rou, fille de René Rou & d'An-
drée granger, de la Parroiffe de S.
Iean des Serqueufs de Mauleurier,
de ce pays d'Aniou, qui auoit perdu
la veuë par la petite verolle auec le
maniement total de tout le cofté gau-
che, laquelle ayant efté vouée & a-

menée en cette Eglise, auroit recouuré non seulement la veuë, mais l'entier mouuement de son corps, Mer-
ueille operée en la presence & à la
veuë de quelques Dames de la Royne
tres-chrestienne, lors que sa Maiesté
y vint rendre ses veux le 7.ᵉ de
Iuin dernier.

Cette Vierge bien-heureuse re-
doublant & multipliant ses graces en
ce lieu, y a voulu faire paroistre à la
face de cette grande princesse la Royne tres-Chrestienne mere de nostre
Roy, les biens-faicts que d'vne main
liberale elle y respand continuelle-
ment, laquelle apres tant de peines &
de trauaux par elle soufferts pour le
bien de cet Estat, recognoissant les
grandes graces qu'elle auoit receues
de Dieu par l'intercessió de la Vierge sa mere l'ayãt tousiours seruie d'v-
ne deuotion particuliere, & sçachant
les merueilles qu'elle opere sans cesse
en son

en ſon Egliſe de la fontaine des Ardillers, recherchoit d'é boire les eaux
& proiettoit des l'Année, 1 6 1 ʒ.
d'y venir rédre ſes veux, & ſe ietter
entre ſes brads, cóme de la plus fidelle
aduocate enuers ſon fils, la plus ſoi-
gneuſe mere de ſes enfans, & la plus
ſeure gardiéne de ceux qui la recherchent, ayant eſté donnée de Dieu
pour ayde generale à tous les chre-
ſtiens, la choiſiſſant pour ſauuegar-
de ſpeciale & patrone particuliere,
& n'ayãt peu lors executer ſon pieux
deſſein, y auroit enuoyé par Madame la Marquiſe de Guercheuille, vn
riche preſent, d'vn dauant d'autel,
d'vne chaſuble, & d'vn pareme nt du
petit autel qui eſt dans l'arceau
ſouz l'image de la Vierge, le tout
d'vne tres-riche orfeuurerie & bro-
derie dor à fonds de ſatin cramoi-
ſi, Et cóme l'occaſion s'eſt depuis pre-
ſentee, alterée de plus en plus de ſon

C

amour, fa Maiesté a recherché de
boire à longs traitz de l'eau de cette
fontaine delagrace, fôtaine plaine de
ioye & de liesse, eau qui dône la veue
& preserue de soif à iamais, vraye
fontaine de Siloé, source de salut,
mais le salut mesme, source-eternelle
et de grace perpetuelle, de laquelle
plus on en boit,& plus elle s'augmen-
te, & beaucoup mieux que la fontai-
de de Mandurio aux champs salen-
tins, laquelle selon pline, *Neque ex-*
austis aquis minuitur, neque infusis a-
ugetur. & bref qui apporte à ceux qui
en boiuent vn entier oubly des trauaux passez & dispose à vne iouys-
sance parfaicte des plaisirs & volup-
tez, par ce que le contantement est
beaucoup plus doux & agreable, qu'il
est moins meslangé du souuenir de
mal. Eau qui addoucist l'amertume
de celles du desert de Mara.

Quel asile & retraicte plus asseuree

Esay 12.
S. Iean
19. S.
Iean 14

pouuoit defirer fa Maiefté , que les
brads de la Vierge facrofaincte? & ou
pouuoit elle plus feurement affeoir
fa couronne qu'aux pieds de cette
Emperiere du ciel & de la terre? Ef-
pece de feruitude non cômune , mais
digne d'vne Royne tres-chreftienne.

Miracle dis-ie, aduenu le cinquief-
me du mois d'Octobre, 1619, le iour
de fabmedy , iour que l'Eglife dedie
particulierement entre ceux de la
fepmaine à la faincte Vierge, en prefence d'vn des plus affidez confeil-
lers de fa Maiefté monfieur du
Bois, publié & prefché le lendemain
au peuple , y afsiftant celle qui
auoit reffenti le benefice de la Mere
de Dieu, par le reuerend Pere Paul
Metezeau preftre de la Congregatiõ
de l'Oratoire eftablie en cette chap-
pele des Ardillers , fut verifié huit
iours apres, fçauoir le douziefme des
mefmes mois & an , en prefence de fa

Maiesté, dont elle mesme à bien daigne publiquemét en rendre vn si haut tesmoignage, aiant faict visiter long temps au-parauant, pendant son seiour à Angoulesme, cette bonne Religieuse par Messire François Vautier son medecin ordinaire, particulierement par quelques vnes de ses Filles, & le lendemain presché & haut loué en l'Eglise de Sainct Pierre de Saumur, dauant sadite Maiesté & toute sa Cour Par le reuerend Pere Souffran, son Predicateur ordinaire.

Que l'heretique demeure dôcq en sô opiniatreté tant & si longuemét qu'il voudra, frappé de cette malediction dont menace le prophete, *Ils seront cô-me la bruyère, & ne s'apperceuront point quand le bien sera venu ains demeurerôt au desert, en lieux secs, & en terre salée, & habiteront vne terre de Saumeure, terram salfuginem.* Gens qui emplissét l'infidelité & incrudelité des Iuifs

Ierem. 17.

qui doubterêt de la puiſſace de Dieu, Num, 20.
lors que d'vn rocher ſec il tira abondance d'eau Que le libertin ſoit aueu-
gle tant qu'il voudra,& au milieu des
eaux ne puiſſe boire,& dansleur cou-
rant meure de ſoif , Qu'Iſmael s'en Gen,21.
aille errât par les deſerts de Berth ſa-
bee , *Siticuloſus cum Agar matre ſarra-
cenus*, quelque bon Ange luy ouuri-
ra poſsible les yeux , & deſcouurira
quelque iour ce puitz de la grace.
Que *l'infidelle*, ſemblable à la terre
ſablôneuſe, qui plus eſt lauee d'eaux,
& moins elle produit , ou au terrouer
de Narni, dont parle Ciceron que les
pluies rendoiêt plus ſec, voie ces miracles ſans en reſſentir les effects! ou ſi
ſon eſtomach reçoit ces eaux, qu'elles
y meurêt , y ſoient froides,& y crou-
piſſent,ſi bon leur ſemble,& plus mor-
telles que celles là de ialouſie, pour-
riſſent en eux, les menent à la mort,&
facent voir qu'ils les ont priſes en

mauuaife confcience, & n'en ont pas
bien beu, & non pas creu. Nous enfans de Sarra, libres & de franche cô-
dition, vrays & legitimes enfans de
l'Eglife, nous nous refiouiffrons auec
elle noftre mere, & rendrons graces à

Pfal 77. Dieu pour tant de bien-faicts qu'il
refpand au milieu de nous. *Narrantes*
laudes Domini & virtutes eius: & mi-
rabilia eius quæ fecit, reuerans fa puiffance infinie par tât d'ouurages mer-
ueilleux qu'il luy a pleu de faire mi-
raculeufement en noftre faueur rá-
dans ces eaux viues en nous, touïours
bouillonnantes, & fautellantes iufques à la vie etenelle.

Car comment pouÿons nous appel-
ler cela autrement, randre la fanté
defefperee des Medecins, à vne pau-
ure affligee de maladie, la luy redon-
ner, non pas peu à peu auec l'ufage li-
bre & de fes pieds & de fes iambes,
qu'vne longue paralyfie de fix à fept

mois lui auoit osté, mais à vn instant,
& en vn momét, en quoy gist la grandeur du miracle, car entre les plus no-
tables, les maladies qui se guerrissent
incontinent & au mesme instant, sont
les plus parfaicts & plus remarqua-
bles. Ainsi nostre Seigneur Iesus
Christ guerist parfaictement l'aueu-
gle, & à l'instant lui rendit la veue.
Ainsi il redonna a l'instant, nó seulement la santé au paralitique depuis
tréte & huict ans, mais lui remist tous
ses pechez, recognoissant la sincerité
de sa foy & de ceux qui le lui presen-
toient. Ainsi S. Pierre apres luy & S.
Philippes guerirent des paralitiques.
Ainsi S. Innocent, priant aux reliques
de S. Iean Baptiste, guerit promptement vn paralitique, au rapport de
Palladius contemporain de S. Hieros-
me, en son histoire: Et ainsi en ce mesme lieu des Ardilliers receut la santé
entiere Adriane Eschard, natiue de

Fougeres en Bretagne le 7. Octobre 1610. affligee d'une paralisie dans les iambes & dans les cuisses, que ses pere & mere y auoient vouee : Miracle si hautement attesté, que l'on ne peut le reuoquer en doutte.

Car il n'est pas possible par le cours ordinaire de la nature, qu'vne iambe qui à desisté vn long temps à faire ses fonctions, à receuoir ses alliments accoustumez, puisse en vn instant re- cepuoir vne telle force, auec tant d'aliment qu'elle puisse marcher, & auec autât de vigueur qu'auparauât, côme nous auons veu en eclle-ci, dôt elle auroit des-ia ressenti, comme des arrhes & asseurance de sa prochaine guerison lors qu'estât encor aux bains & voyant le peu de succez qu'ils luy apportoient a sa santé, elle fit veu de venir à nostre Dame des Ardillers se resignant entierement à la misericor- de de ce grand Dieu, qu'elle implora

par les intercessions de sa saincte Mere, car à l'instât elle marcha, mais quel
ques tours par la chambre, retournâr
aussi tost à son premier estat,

Ainsi cette Mere de misericorde con-
sole ceux qui la recherchent: quel
heur, quelle felicité sera doncq la nostre, si nous nous randons dignes de
l'amour d'vne si secourable maistres-
se, veu que lors que nous serons plus
affligez, que nous ployerons, par maniere de dire, souz le fais des miseres,
& que nous serons plus dignes de com
passion que d'amour, elle nous cheri-
ra, & aura en plus estroicte recom-
mandation & bref elle ne nous mâ-
quera iamais au besoin.

D

PROCES VERBAL

Faict par Monsieur le Seneschal de Saumur, sur la guerison miraculeuse de sœur Marie de Monbron Religieuse en l'Abbaye de S. Ozony d'Angoulesme.

L'An de grace mil six cens dixneuf le cinquiesme iour d'Octobre par dauant nous Iean Bonneau escuyer sieur de la Maisôneufue Côseiller du Roy nostre sire, Seneschal Lieutenant general & Iuge ordinaire en la Seneschaucée, ville & ressort de Saumur, ont comparu Reuerêds Peres Paul Meteseau & Mathurin Dugué prestres & confrere Pierre Magneux, de la côgregation de l'Oratoire establis en la chappelle de nostre Dame de la fontaine des Ardillers les Saumur, lesquels en presence du Procureur du Roy, & de Iean Vi-

gnier commis de noſtre Greffier nous
ont dict que à la matinee de ce iour ſe-
royent arriuées en ladicte chappelle
deux Religieuſes, accompagnees de
quelques perſonnes, l'vne deſquelles y
auroit eſté apportee par vn hôme entre ſes brads, iuſques dedans le cœur
de ladite Egliſe ou l'vn d'entreux
ſeroit allé vers elle à leur priere pour
l'ouyr de confeſsion, pour ce qu'elle
ne pouuoit marcher, eſtant attainte
d'vne paraliſie, & ce faict auroit eſté
portée par le meſme homme deuant
le grand autel ou elle auroit aſsiſté à
la Meſſe, & receu la ſaincte communion, & apres leurs prieres faictes,
auroient appris que ladicte religieuſe
ſe ſeroit leuée d'elle meſme, & auroit
marché auſsi facilement qu'auparauant ſa maladie, & l'auroyent veue
eux meſmes marcher, aller & venir
for ayſement, auec vne grande ſanté
& conualeſcence, laquelle ils ont en-

D ij

tendu fe nōmer fœur Marie de Mon-
brō religieufe de faint Ozony d'Angoulefme, de la maifon de Fontaines
Chalandray. Nous requerant vouloir
informer de la verité de ce que deffus,
pour la gloire de Dieu. Dont leur a-
uons decerné acte, & ordonné que à
la requefte & diligence du Procureur
du Roy, tant lefdictes religieufes que
autres perfonnes qui ont cognoiffan-
ce dudit miracle, feront appellées
par dauant nous pour eftre par nous
ouïes fur la verité d'icelui, faict ledit
iour & an que deffus, ainfi Signé,
Bonnéau, G. Godin P. Metezeau,
M. Dugué, P. Magneux, & I. Vignier.

SOeur Marie de Monbron religieuse en l'Abbaye de S. Ozony
d'Angoulefme, laquelle ferment faict
nous adict eftre religieufe en ladite
Abbaye defpuis douze ans en çà,
qu'elle y fut menée par meffire Loys

de Monbron Cheualier Seigneur de
Fontaines Chalandray, & Heliette
de Viuonne ses pere & mere & estre
âgee de vingt & quatre à vingt cinq
ans : Qu'au mois d'Auril dernier le
iour du Dimache de quasimodo, elle
sentit vne foiblesse en vne iambe, &
le lendemain lundy, qu'elles solé-
nisoient la feste de l'Annonciation
de nostre Dame, elle fut saisie d'vn
tel mal qu'elle demeura sur le lieu sās
pouuoir marcher, neantmoins ne res-
sentoir aucune douleur, despuis lequel temps il luy auoit esté impossi-
ble de marcher, & a tousiours esté portée à l'Eglise, à l'autel pour commu-
nier, & par tout ailleurs, auroit esté
traictée par le sieur Vautier medecin
de la Royne mere du Roy, le sieur
Citoys medecin à Poitiers, le sieur
Robuste medecin à Angoulesme, par
l'aduis desquels elle fut conduite aux
bains de Bourbon l'Archābaut, pas-

D 3

fant à Bourges auroit eu l'aduis de
quelques medecins dudict lieu, & finalement traictée par le sieur Aubery medecin du Roy, demeurant audit lieu de Bourbon l'Archanbault,
auquel lieu elle auroit seiourné par
l'espace de six sepmaines, sans auoir
recouuré guerison, qu'elle seroit retournee dudit lieu de Bourbon l'Archambaut en la maison de la *Motte*
Chandenier, & dudit lieu seroit venue par l'obedience qu'elle en auroit
de Dame Luce de Luce son Abbesse,
en la chappelle de nostre Dame des
Ardillers de ceste ville, pour y faire
ses oraisôs, & supplier la Vierge *Mere*
de Dieu vouloir interceder pour elle
vers son Fils tout puissât pour sa guerison, qu'elle auroit esté apportee du
carrosse depuis la porte de la chappelle iusques au cœur, par Pierre
Morin, & ayant esté confessee par *Pe-*
re Marin Fleuret Prestre de la con-

gregation de l'Oratoire & ce faict
portée pres le grand autel pour ouyr
la Messe, & apres auoir faict la saincte
Communion se seroit trouuée en
plaine santé, & d'elle mesme leuée &
allée auec disposition du grand autel dauant l'image de la Vierge, qui
est en la nef de ladite Chappelle, pour
randre graces à Dieu de la santé qu'il
luy à plu luy donner par l'intercesi-
sion de la Vierge sa mere, & ses prieres
paracheuées, s'en seroit allée à pied à
son logis ou pend pour enseigne les
trois Anges, & depuis s'est trouuée
toute allegée, dont elle loue la grâde
bonté de Dieu, & est ce qu'elle à dict
contenir verité, & à signé sœur Marie
de Monbron.

SOeur Marie de Nesmond Religieuse en l'Aabbaie de saint Ozoni
d'Angoulesme depuis quarante ans
ou enuiron, deppose serment faict

estre agéede cinquante ans ou enui-
ró, bien sçauoir qu'au mois d'Apuril
Sœur marie de Monbró aussi Religi-
eusé en ladicte Abbaie le lademain de
loctaue de Pasques dicte quasimodo
qu'ils chommoient & sollemnisoient
la feste de l'Annóciation de la Vierge
Marie, fut attaquée d'vn mal que les
Medecins despuis ont appellé paralisie de sorte quelle ne se pouuoit sup-
porter sur les iambes ny marcher &
auroit esté en c'est estat vn fort long-
temps pendant lequel elle auroit esté
visitée par toutes sortes de medecins,
mesmes par les medecins de la Roy ne
mere du Roy, qui recognoissans ce
mal incurable auoient esté d'aduis
qu'il la falloit conduire aux bains de
Bourbon l'Archambaut, où elle auoit
esté cómádée par Dame Luce de Luce
son Abbesse d'asister ladicte de Monbron, & de la retourner en ce lieu de
nostre Dame des Ardillers, soit pour
rendre

rendre graces à Dieu si elle receuoit
guerison aux bains ou pour impetrer
guarison de Dieu, par les prieres &
intercessions de la Vierge Marie sa
Mere, qu'elle auroit assistée ladicte de
Monbron pendant ledit voyage, l'auroit faict voir aux medecins de la vil-
de Bourges, passant audict lieu, au
sieur Aubery medecin du Roy demeurant audi & Bourbon l'Archam-
bault, ou elle n'auroit receu aucun
allegement, depuis retournée a la Motte Chadenier elle auroit esté traictée
par le sieur Citois medecin a Poictiers, tous lesquels medecins recognoissant son mal incurable se feroit
resolue de venir en ce lieu ou elles
feroient arriuées dans le carrosse du
sieur Baron de Chandenier, depuis
lequel carrosse, qui estoit à la porte
de ladite chappelle, ladite de Monbron auroit esté portée par Pierre Morin iusques dans le cœur de ladicte

E

Esglise auquel lieu elle auroit esté
confessée par l'vn des prestres de l'O-
ratoire & ce fait apportée au grand
autel ou elles auroiét entendu la messe, & cómunié, & la Messe finie auroit
veu que ladicte de Monbron se seroit
leuée delle mesme, dont elle deppo-
sante estonnée l'aiant enquise de sa
disposition ladicte de Monbron l'auroit asseurée quelle se portoit bien
par la grace de Dieu & quelle luy en
alloit rendre graces & à sa saincte
Mere & à l'instant à veu ladicte de
Monbron cheminer facilement depuis ledict autel iusque dauant l'i-
mage de la Vierge qui est en la nef de
ladicte Esglise, auquel lieu ayát faict
ses deuotions s'en seroit allée a pied
au logis des trois Anges proche ladicte chappelle ou elle sont logées &
la veue cheminer aussi facilement
qu'auparauant son mal, & au iour-
d'huy se porte fort bié graces à Dieu,

& est ce quelle a dict & à signé, sœur
Marie de Nesmond.

Pierre Morin praticien en cour
Playe, demeurât a Fôtaines Challandray deppose serment faict estre
âgé de vingt huict ans ou enuiron
bien cognoistre ladite de Monbron &
qu'au mois de Iuillet dernier il fut cô-
mandé par le Seigneur de Fontaines
Challandray d'accompagner ladicte
de Monbron sa fille religieuse en l'A-
bbaye de S. Ozony d'Angoulesme,
qui estoit lors malade d'vne paralisie,
iusques aux bains de Bourbon l'Ar-
chambault, ce qu'rl à faict, auquel voiage ils auoient ses iourné par lespace
de six sepmaines sans qne ladicte de
Monbron ayt ressenti allegement a
son mal qui auroit esté iugé comme
incurable par les medecins, laquelle
de Monbron pendant ledit voyage
estoit tellement indisposée qu'elle ne

se supportoit sur les iambes & ne
marchoit en aucune façon, & estoit
par luy depposant portee aux Egli-
ses, aux bains, & par tout ailleurs.
Que ce iourd'huy ils seroient arriuez
en cette ville dans le carrosse du sieur
Baron de la Motte Chandenier duquel carrosse, qui estoit ala porte de
ladicte chappelle, il auroit porté ladicte de Monbron dedans le cœur
de ladicte Eglise, ou l'ayant mise,
l'vn des prestres de l'Oratoire de
ladicte Eglise seroit allé a elle & l'a-
yant confessée, il depposant l'auroit
portee au grand autel, ou elle auroit
ouy la Messe & receu la saincte communion auec sœur Marie de Nesmôd,
& autres, & aussi tost la Messe dicte
auroit veu que ladicte de Monbron
s'est leuee & la voyant cheminer &
marcher s'en seroit estonné & appro-
ché delle, luy auroit demandé comme elle se portoit laquelle luy auroit

affeuré quelle eftoit parfaitement
guerie, & ce dict, l'auroit veue aller
au dauant de l'image de la Vierge
qui eft en la nef de ladite Eglife, ou il
la veue faire fes deuotiõs & prieres &
auiourd'huy fe porte auffi bien graces a Dieu, quelle fift iamais & eft
ce qu'il a dict contenir verité, & figné
P. Morin.

Françoyfe Cureaux feruante
domeftique, & fille de chambre
demeurante en l'Abbaye de faincſt
Ozony d'Angoulefme, deppofe ferment faict eftre âgee de vingt & neuf
ans ou enuiron bien congnoiftre ladicte de Monbron Religieufe en ladicte Abbaye, que ladicte de Monbron fut faifie d'vne maladie appel-
lée paralifie que les Medecins ont iu-
gee incurable d'autât qu'elle ne s'ai-
doit ne fouftenoit fur les iambes en
aucune façon, & qu'apres plufieurs
E 3

Medicamens elle auroit esté conseil-
lee par le sieur Vautier medecin de la
Royne mere du Roy, Robuste medecin a Angoulesme d'aller aux bains
afin desprouuer s'ils luy apporteroiét
quelque allegement, ou estant allee
auecq sœur Marie de Nesmond, Pierre Morin, Françoise Barangér seruante & elle deppofante elle y auroit
esté traictee par le sieur Aubery medecin du Roy demeurant a Bourbon
l'Archábaut, sás qu'elle ait receu aucun allegement, qu'estant retournee
dudit lieu en la maison du sieur Barō
de la Motte Chandenier elle auroit
esté d'abondant traictee par le sieur
Citoys medecin a Poictiers & dudit
lieu de la Motte Chandenier seroit
venue en cette ville en la chappelle
des Ardilliers en laquelle Eglise ayát
esté portée, apres auoir esté con-
feffée, & communiee & ouy la Meffe,
fe feroit delle mefme leuée & marché

comme auparauant fon mal & au
iourd'hui fe porte bié graces a Dieu,
aufsidict qu'elle n'a iamais oui plain-
dre ladite de Monbró d'aucune douleur qu'elle ait refeti,& eft ce quelle a dict contenir verité & a figné
Françoyfe Cureaux.

Rançoyfe Barráger feruante de
la dame de Fontaines Chalandray deppofe fermét faict eftre âgée
de dixhuict ans ou enuiron bien congnoiftre ladicte de Monbron religi-
cufe en l'Abbaye de S. Ofony d'Angoulefme & quelle deppofante auroit
efté cy dauant commandée par madame des Fontaines Chaládray d'af-
fifter cóme feruante, ladicte de Monbron fa fille qui eftoit lors detenue
d'vne paralifie, de telle forte quelle
ne pouuoit marcher ne fe tenir fur les
iambes, iufques aux bains de Bourbó
Larchambault ou elle l'éuoyoit pour

ſçauoir ſi elle pouroit recepuoir ſâté,
Que pendant ledict voiage iuſques à
ce iour, elle auroit touſiours eſté
auecq ladicte de Monbron ſans la-
uoir veuë cheminer, combien quelle
ayt eſté traitée par pluſieurs Medecins, qu'eſtant ceiourd'huy arriuées à
la chappelle des Ardilliers apres que
ladite de Monbrõ auroit eſté confeſ-
ſée, ouy la Meſſe & cõmuníé, elle auroit veu que ladicte de Monbron ſe
ſeroit leuée & la veuë marcher &
cheminer fort librement, ce qu'elle à
continué du depuis & auiourd'huy
ſe porte bien, & eſt ce quelle a dict
contenir verité & ne ſçauoir ſigner.

ET le dimanche treziẽſme iour
d'Octobre, mil ſix cens dix-neuf
par dauant nous Seneſchal Lieute-
nãt general & Iuge ordinaire ſuſdit, à
comparu Ieã Louis de Rochechouart
Cheualier de la Motte Chandenier,
& de

& de la Motte de Boilai en Lodunois,
& y demeurant, agé de trente ans ou
enuiron, enquis serment pris nous a
declaré, que ladite de Monbron est
sœur de Dame Louise de Monbron
sa femme, laquelle il a veu extreme-
ment malade, mesme depuis quinze
iours, par l'espace de six iournees en-
tieres, laquelle sœur Marie de Monbron a esté traictee & medicamentee
par toutes sortes de Medecins experi-
mentez, mesme par le sieur Vautier
medecin de la Roine mere, & autres
medecins d'Angoulesme, Poitiers &
Moulins en Bourbonnois, lesquels,
ni auroient peu rien seruir non plus
que les remedes des bains de Bourbõ,
ce que voiant ladicte religieuse se seroit vouee à Dieu de venir faire son
voiage à nostre Dame des Ardilliers,
ce qu'elle a faict, ou elle a recouuré
guarisõ entiere, par la grace de Dieu,
laquelle lui continue, & est ce qu'il

nous a dict sçauoir, & en tesmoin de
verité a signé, I. L. de Rochechouart.

Aulsi comparu pardauāt nous
Frāçois Citois Docteur en medecine en l'vniuersité de Poictiers
agé de quarante & sept ans ou enuiron, lequel serment faict, nous adict
& declaré que le rapport qu'il nous
a baillé escrit & signé de sa main,
contenir verité, & ne pouuoir dire
autre chose que le contenu d'icelluy
lequel ordonnons estre attache à
cespresentes, & emploie à la suitte,
& a pareillement signé, F. Citois.

Rapport du Sr Citoys Medecin à Poitiers

E corps humain ayant à seruir à
vne ame toute diuine & immor-
telle, à eu besoin de diuerses parties
commodement & artistement assem-
blées pour emploier ses diuerses facultez à la necessite de la vie humai-
ne, & en produire les fonctions tant

animales, vitales, que naturelles, en la
perfection & integrité desquelles cô-
siste la santé & bonne disposition du
corps. Cet assemblage a esté faict de
parties similaires & simples, comme
os, ligamens, veines, arteres, nerfs &
semblables, desquelles sont côstituées
les Organiques ou instrumentaires,
comme l'œil, la main, le pied, & autres,
les premieres douees chascune de leur
propre & conuenable temperature: &
les dernieres d'vne decente conformation, en toutes lesquelles l'ame
exerce diuersement sés facultez, selô
la nature d'vne chascune de ces parties, & se seruant de la chaleur naturelle côme de son premier & princi-
pal instrument, parfaict és similaires
les fonctions naturelles (qui sont la
nutrition & l'accretion, ausquelles
se rapportent les vitales, qui sont le
pouls & la respiration) & és organiques les fonctions animales qui sont

F a

le mouuement volontaire & le fentiment Que si la bonne temperature
& decente conformation de ces parties viēt à estre lesée par quelque cause externe ou interne, cōme par les
excez du boire, du manger, du dor-
mir, de l'excercice, excremens & semblables, lors la chaleur naturelle est
empeschee en son action, tantost suf-
foquee, & tantost tellement affoiblie,
qu'elle ne faict aucune concoction
louable, n'engendre qu'humeurs
crues & indigestes, qui font obstru-
ctiō au mesentere, au foye, à la ratte
& ailleurs, & partant empeschent que
la distribution des humeurs alimen-
taires, & l'euacuation des excremēteu-
ses ne se face. Le corps deuient icteri-
que, cachectique, & atrophié. De la
suit vne infinité d'autres maux, qui
peruertissent non seulement l'œco-
nomie naturelle, mais l'intemperie
se communiquant aux parties supe-

rieures, apporte vne infigne lefion
es fonctions vitales & animales. De
la viénent diuers fymptomes, felõ les
diuers lieux ou eft engendré cêt hu-
meur cru, craffe & vifqueux, & felon
les cauites ou il faict obftruction.
Commê l'afthme ou difficulté de ref-
pirer, lors quil remplit les bronchies
du poulmon: l'appoplexie, lors qu'il
faict obftruction aux ventricules du
cerueau, & la paralyfie lors qu'il em-
plit & ferme les meatz & conduitz
occultes des nerfs, par ou eft porté
l'efprit animal aux parties, que Nature à deftiné pour le mouuement &
fentiment.

Tout cela s'eft particuliement re-
marqué en la perfonne de Madame
de Fontaines deuote Religieufe de
l'Abbaye de S. Ozony d'Angoulefme, laquelle apres auoir paffé par
tous les accidens d'vn corps extreme-
ment cacochyme: eft tombee depuis

F 3

six mois en ça paralitique des deux
iambes, & depuis le cinquiesme iour
d'Octobre dernier, mil six cens dix-
neuf à esté guerie miraculeusement,
par la grace de Dieu, & par l'inter-
cessiõ de la Vierge, comme il se verra
apres auoir entendu l'histoire entiere de ses indispositions, qu'il est ne
cessaires de reprendre des sa naissance.

Cette vertueuse seruante de Dieu
est de la maison de Monbron fille de
messire Louis de Monbron, Cheualier
de l'ordre du Roy, sieur des Fontaines
Chaládray, Ausace &c. Et d'Heliet-
té de Viuonne de la Chastaigneraye.
Elle à esté nourrie en la maisõ paternelle à Fontaines en Poitou, & esleuée
peine, à raison de cinq ou six
diuerses nourrices dont elle a esté al-
laictee, ce qui luy a tellement alteré
sa sãté des ses plus ieunes ans, que par
la corruption de tant de laictz qu'elle a attiré, & les mauuaises humeurs

qui s'en font engendrees, elle a tou{s}-
iours esté languide, foiblette & ma-
ladiue, & mesmes sur l'age de quatre
à cinq ans, par la multiplication des
obstructiõs du foye & de la ratte, elle
commença à estre trauaillee detous
les accidês des pasles couleurs, grand
desgoust, palpitation de cœur, l'assi-
de de iambes & doleurs de teste, qui
luy durerent iusques en l'age de dix
ans. A l'issue de ces maux vne fiebure
lente & hectique luy suruint, ayant
esté menée à Paris, ou quelque bon
traictemét qu'elle peust receuoir des
doctes & experts medecins qui furét
employes pour la secourir, elle vint
à telle foiblesse, qu'elle ne s'aydoit
ny de pieds ny de mains, on la remist
à la mammelle, & Dieu qui la
reseruoit pour sa gloire la retira de
là pour lors, & peu à peu elle re-
prist vne meilleure disposiriõ, trauaillee pourtant, par frequens interual-

les, d'extremes douleurs de teste. Sur
l'age de quinze ans ou enuiron sen-
tant les eslans de l'Esprit de Dieu
qui l'attiroit à son seruice, elle se
voua à la religion de S. Benoist, &
fut conduite par madame sa mere à
S. Ozoni d'Angoulesme, ou elle prit
le voile, elle ni demeura guere que
la voila accueillie de nouueaux maux,
vne fiebure tierce luy suruint qui la
trauailla par l'espace de trois mois: la
fiebure quarte vint apres, qui luy dõna de l'exercice pour dix mois, la fiebure quarte lui laissa vne suffocation
hysterique qui la tourmenta par l'espace de cinq ou six ans suyuans, & la
rendit souuent en tel estat, que l'on
n'attendoit que les derniers souspirs
de sa vie.

Finalement au mois d'Auril dernier, apres auoir passé son caresme vn
petit mieux que toutes les annees pre-
cedentes, la seconde sepmaine apres
Pasques

Pasques, elle sentit vne grande flu-
xion sur vne hanche, qui luy empe-
choit fort le mouuement de la iambe
droicte, elle appella monsieur Vautier
medecin de la Royne mere, qui lui
ordonna les remedes necessaires &
conuenables à ce mal, saignees, pur-
gations, & vne legere diete sudorifi-
que, pendant laquelle s'estant leuee
vne apres disnee, & se tenant en vne
chaire, elle fut surprise d'vne legere
apoplexie ou priuation soudaine du
sentiment & mouuement de tout le
corps qui lui passa promptement,
mais à l'instant comme c'est l'ordinaire de ce mal, l'apoplexie ce ter-
mine en paralisie ou priuation de mou
uémét des deux iábes seulemét : incó-
tinát furent appellez ledit sieur Vautier, le sieur Citois medecin de *Poictiers*, lors nouuellement arriué à
Angoulesme pour le seruice de monsieur de Luçon, & le sieur Robuste mé-

decin d'Angoulefme, qui aduiferent
de nouueaux remedes, faignees, ven-
toufes, purgatiõs, veficatoires, auec v-
ne nouuelle diette, mixte, fudorifique,
& purgatiue, tous lefquels remedes
furent praticquez auec peu de fuccez
fors qu'elle fembloit apres tout cela
trainer tant foit peu les pieds, on lui
propofa les bains de Gafcongne ou
de Bourbonnois, on fut d'aduis d'at-
tédre tout le printemps à paffer pour
voir ce que les remedes ordonnez, que
l'on reiteroit de temps en temps, auec
onctions, linimens, baumes, & fembla-
bles, feroient. Mais au lieu de fe for-
tifier, fes iambes s'affoibliffoient dauantage.

Sur le cõmãcement d'Aouft ladicte
dame fe fift amener à Poictiers, où
s'eftoit lors retiré ledict Citoys medecin, elle le confulte derechef, auec
le fieur *Pidoux* auffi medecin de Poi-
ctier ils la voyent abfolument para-

litique des deux iambes, ils trouuent
bon quelle vſe des bains de Bourbon
Archanbault, & qu'elle y recoiue la
douche ſur la nuque du col, & ſur les
lombes & *os ſacrum*, & qu'elle y face
apliquer cornets: Elle s'i faict côdui-
re, elle prend pour ſon directeur en
l'vſage des bains, le ſieur Aubri medecin de Moulins. Elle eſt purgée, elle eſt
baignée, & reçoit la douche par l'eſpace de huict iours, au neufieme elle
eſt repurgée, ce iour ſur l'apreſdiſnee
eſtant leuee dans vne chaire, elle s'eſ-
ſaie de marcher, elle ſe ſent fortifiee
en vn inſtant, elle faict deux ou trois
tours de châbre toute ſeule auec vne
merueilleuſe ioie, elle penſe côtinuer,
la voila ſans mouuement, comme au-
parauant, dans vn quart d'heure
apres. Elle continue par l'eſpace
d'vn mois, l'uſage des bains, de la douche, & en fin lui ſont appliquez les
cornetz. Elle ſe repurge, mais pour

neant elle n'attend plus de secours
des remedes, dont l'art & la nature
fourniſent, elle à recours (côme autre fois, mais maintenât plus s'ingulie
rement) à l'autheur de la nature: Elle
voue, par l'obediece qu'elle en auoit
deſia obtenue de Madame S. Ozony
ſon Abbeſſe, de faire vn voiage à nô-
ſtre Dame des Ardilliers, & y porter
ſes ânilles. Pour cet effect elle ſe faict
amener à la Motte de Boſſai en Lodu-
nôis, en la maiſô de monſieur de Chádenier ſon beau frere, diſtâte de Saumur ſeulemêt de quatre petites lieües,
& arriua ledict ſieur Citois incontiêt
apres elle, pour traicter madame de
Chádenier ſa ſœur.

Et aduenât le cinquieſme iour d'o-
ctobre, iour de Sabmedi a ſix heures
du matin, ou met ladicte dame en
carroſſe, auec madame de Neſmond,
tres deuote religieuſe de S. Ozont,
quil auoit accompagnée en tout ſon

voyage. On la conduict à la chapelle
de noftre Dame, dôt elle porte le nô,
& y arriua à dixheures du mefme matin, elle fe fait porter, felon fa couftu-
me, au col comme vn enfant deuant
le grand Autel, Elle fe confeffe, elle
ouyt la Meffe, elle fe communie, Pendant la Meffe, elle fent vne nouuelle allegreffe, & conçoit vne certaine
croyance de fa guerifon. Apres fes de-
uotiós elle s'hafarde de fe leuer, la
voila fur pieds & marche au grand e-
ftonnement de toute fa côpagnie, &
particulierement de celuy qui auoit
accouftumé de la porter, qui s'ad-
uançoit pour la prendre à fô col. Elle
fe vient, toute feule & auec vne dif-
pofition nouuellement acquife, per-
fenter à l'image de la Vierge, qui eft
hors la clofture du cœur : elle rend
graces à Dieu, Puis s'en va fufpendre
fes annilles auecq les autres, biē qu'elle ne s'en fuft iamais feruie, d'autant

qu'elle n'auoit aucune force aux
pieds , qui ont touhours besoing
de quelque action pour l'vsage des
annilles: elles se rend de mesmes, sans
ayde ferme sur ses iambes , à son logis, elle continue ses deuotiõs le reste
du iour, le lendemain , qui estoit Dimanche, & le Lundy matin, Ce mesme iour sur le soir elle se rend à la
Motte de Bossay, où ledict Sieur de
Chandenier , toute sa compagnie, &
particulierement ledit Citois la voyent auec admiration sortir du carrosse alegrement & accourir au deuãt
d'eux aussi forte & robuste , qu'elle
en estoit partie le Sabmedy deuant,
foible, impotente & percluse : combien qu'elle les eust aduertis des le
Samedy de sa guerison miraculeuse.
Et ce qui est encore plus admirable,
c'est que ceste mutation s'est faicte en
vn moment. *Nescit tarda molimina sã-*
cti Spiritus gratia. dit S. ambroise : au

lieu qu'es cures ordinaires & faictes par l'Art de Medecine, *profectus tempore expletur*, dit Celse. Mais icy tout est de la main toute puissāte de Dieu, la Foy grande de la malade, la force & fermeté de ses iambes, la celerité & promptitude dont elle est venue, & encores Dieu à voulu que cecy aye esté faict à l'approche & venue de la Royne mere du Roy, & de toute sa Cour, à la veue de laquelle elle estoit tombée malade à Angoulesme, affin qu'il ne restast aucun doute tant du mal que de la cure.

Non hæc humanis opibus, non arte magistra
Proueniunt, nec eam Medicorum dextera seruat.
Maior agit Deus.

Cui laus honor & gloria, V. Q. M.

Repeté ledit Citoys sur le rapport cy dessus, lecture à luy faicte d'iceluy, a dict contenir verité & a signé, ce 13. Octobre, 1619. F. Citois.

AVons aulsi pris & receu le serment de Iean Adā Apothicaire
demeurant à Lodun, àge de foixante
& huict ans, ou enuiron, lequel nous
adict & declaré & veriffié par fermét
cognoiftre ladicte de Monbron , laquelle il a veu en la maifon dudit
Chandenier l'efpace de fix iours du-
rant , defpuis quinze iours, malade
de paralifie de iambes, & laquelle à
cette fin il failloit porter , & que depuis peu ladite de Monbron reuenant
pe noftre Dame des Ardilliers de voyage il a parlé à elle, laquelle eft faine & bien difpofee , & de laquelle il
a fceu certainement qu'elle auoit recouuré guarifō par la grace de Dieu
dans l'Eglife des Ardilliers, la veue
le depofant depuis trois iours bien
difpofe , marchant facilement , &
en bonne fanté, laquelle declaration
& atteftation ledit Adā a figné, pour
verité de ce que deffus.

Pierre

Pierre Bourbon Apothicaire demeurant en la ville d'Angoulesme, âgé de vingt & trois ans ou enuiron, duquel serment pris a dict cognoistre ladicte Religieuse pour l'auoir veuë enuiron le douziesme d'Aoust aux bains & bourg de Bourbon l'Archambaut ou elle estoit, & y estoit allé expres de Lion, ou il auroit veu ladicte Dame par l'espace de six sepmaines, pendant lequel temps elle fut tousiours malade de la paralisie des iambes, n'a onques eu aucune guarison ou allegeance pour les medecines ou bains qu'elle a eu, mais que trois iours apres qu'il fut arriué aux bains dudit Bourbon, pres ladite dame, elle se seroit vouee a Dieu & à nostre D. des Ardilliers & promist faire só voyage, & apres elle auroit quelque peu cheminé par la chambre & non plus, par ce que son mal la reprint aussitost, & que pendát

H

qu'elle cheminoit le depofant luy
dit qu'elle n'auoit que faire, de porter fes annilles audit lieu des Ardilliers, aquoy elle feit refponce foit
quelle fut guerie ou non qu'elle ne
laifferoit de venir faire fon voyage
pour ce qu'elle fi eftoit vouee & que
tout le temps qu'elle fut aux bains elle n'a receu aucune guerifon, ains fon
mal luy auoit augmeté, n'aidât point
des iambes: & que pendant ledit têps
iufques a fô retour a la Motte il l'a af-
fiftée, que depuis ladite religieufe
eftant venue faire fon voyage a noftre Dame des Ardilliers, au retour
en ladicte maifon de lamote, le
fupliant la veue faine, difpofe, marchant & fe portant bien, graces à
Dieu, & luy auoir oy dire, qu'elle a
recouuré ladite fanté en l'Eglife de
noftre Dame des Ardillers, & eft tont
ce qu'il a dict, & figné Bourbon.

MEſire François Vautier Medecin ordinaire de la Roine mere
du Roy, eſtant de preſent an ceſte ville, depoſe ſerment fait, eſtre âgé de
trentecinq ans ou enuiron, bien co-
gnoiſtre ladite de Monbron, laquelle
il a traictee cy dauant d'vne paraliſie
de iabes depuis le deuxieſme d'A-
uril iuſques ala fin du mois de Iuillet dernier, laquelle maladie luy
a touſiours continué, & au lieu de
diminuer, par les remedes qui luy
ont eſté faicts ſelon l'art, elle a touſiours augmenté, ſurquoy par l'aduis
de luy depoſant, & autres medecins,
il luy fut conſeillé d'aller aux bains
mineraux, deſeſperant de ſa ſanté,
ſi elle ne la recouuroit par le moyen
deſdites eaux, auſquels bains ladicte
de Monbrõ ſe ſeroit acheminée, & depuis ne l'auoit veue, & eſt ce qu'il a dit
contenir verité & à ſigné, Vautier.

H 2

HEnry Dubois seigneur de haute Cõbe, Cõseiller de la Reine
mere du Roy, âgé de quarente huit
ans ou enuiron, Depose serment fait,
que le cinquiesme iour de ce mois estãt
en la Chappelle de nostre-Dame dès
Ardilliers, il vit entre les bras d'vn hõ-
me qn'il ne congnoist, vne religieuse
que ledit homme porta dedãs le cœur
de ladite chapelle & la posa douce-
ment contre terre, & quelque temps
apres, vit l'un des Prestres de l'Oratoire, seruans en ladite chappelle aller à elle pour l'ouir de confession, ce
qu'il fist au lieu mesme ou elle auoit
esté mise, & ce faict fut portee par ledit homme dauant le grand autel, ou
elle entendit la Messe & receut là S.
Cõmunion, & la Messe dite, vit ladite religieuse se leuer d'elle-mesme &
fist quelques pas, & à l'instãt celui qui
l'auoit apportee, & vne autre religieuse qui estoit proche d'elle, tous eston-

nez s'aprochent d'elle pour la fupor-
ter, & à mefme temps firent vne cla-
meur, qui côuia le depofant, auec plufieurs autres perfonnes, d'eux informer ce que ce pouuoit eftre, & lui fut
dit que c'eftoit vne religieufe de
Sainct Ozony de la ville d'Angoulefme, fille du Seigneur des Fontaines Chalandray, qui auoit efté detenue depuis Pafques dernieres d'vne
paralifie, auec entiere priuation des
iabes, laquelle auoit efté veue & traictee par diuers medecins auec peu de
fucces, & pour dernier remede, par
leur aduis auroit efté aux bains, & vo-
iât que tout cela luy eftoit inutille, ce
feroit vouee aux prieres de la S. vierge
& faict veu de venir aux Ardilliers,
ou ayant efté apportee, rédu fon veu
& fait les prieres, elle auoit receu
vne entiere & parfaicte guerifon,
& auroit il depofant veu marcher &
cheminer ladicte religieufe, aller a

pied & sans aide d'aucune personne,
de ladicte chappelle iusques au logis ou elle estoit logee, & alapres-di-
nee retourner de sondit logis en ladicte chappelle, & encores le lédemain
iour de Dimanche, aussi franchemét
& librémét que sçauroit faire la personne la plus saine qu'on pourroit
rencontrer, & est ce qu'il adit con-
contenir verité & a signé Dubois.
Signé Bonneau, & I. Vignier.

F I N.

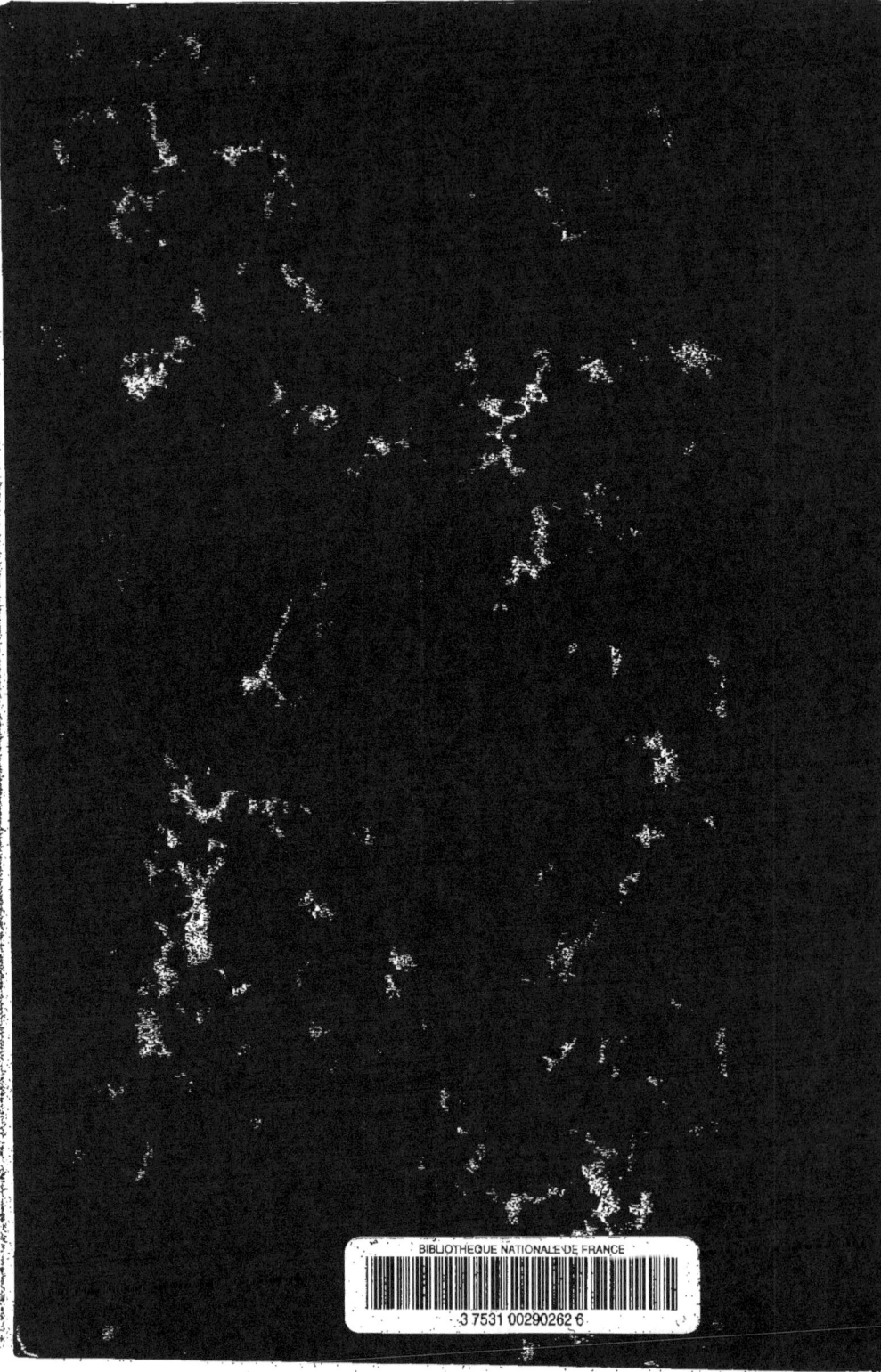

www.ingramcontent.com/pod-product-compliance
Lightning Source LLC
Chambersburg PA
CBHW070815260626
47161CB00006B/2293